Philosophe de formation, Christine Doyen a été professeur de morale. Depuis 2008, dans le cadre de son entreprise « Une fenêtre ouverte sur la Vie... », elle organise des ateliers individuels de développement personnel et des ateliers collectifs d'écriture.

Petits textes qui tiennent la route ou pas...

Christine Doyen

Petits textes qui tiennent la route ou pas...

© 2020 Christine Doyen/Christine Doyen

Edition : BoD - Books on Demand
12/14 rond-point des Champs Elysées
75008 Paris
Imprimé par BoD – Books on Demand, Norderstedt
ISBN : 978-2-3222-4205-4
Dépôt légal : Septembre 2020

Toute ma gratitude à toutes celles et ceux qui ont honoré de leur présence joyeuse et créative mes ateliers d'écriture.

Tout est faux dans l'amour, tout est doué de cette fausse lucidité des ivrognes, mais cette erreur est le chemin du paradis. Elle est la vérité des vérités.

Christian Bobin, « La nuit du cœur »

Écrire

À l'heure d'internet, si je pense : « écriture » me vient à l'esprit : « De ma plus belle plume … ».

Plume ?

Non que je tienne à honorer particulièrement le cul des oies, mais plutôt le geste ancien qui ajoute à la nature, et grâce à elle, quelque chose qui la dépasse.

Plus belle ?

Non que je tienne à honorer l'ingéniosité créatrice d'outils toujours plus performants ni le beau ou l'utile. Après tout le laid et l'inutile peuvent s'écrire d'une tout aussi belle plume.

Mais plutôt honorer L'INTENTION. Cette mystérieuse nécessité de donner forme à l'invisible.

Le rire

Le rire gazouille d'innocence, se compromet en minauderies séductrices, jaillit en râles de plaisir, s'aiguise en stridences sarcastiques.

Au creuset de la vie, le rire subit le grand œuvre.

Du magma cendreux de la désillusion pousse une tige verte de rire neuf.

Revenu de tout, le rire rit de tout sans jamais se moquer.

Un rire si nu qu'il rit de lui-même.

Se libèrent alors des perles de rire qui ne sont plus tout à fait de ce monde.

Agonie parfumée

Il choisit de finir là sa vie. Dans la chambre numéro 12 d'un hôtel aussi vétuste que lui. D'un geste ferme, quoiqu'épuisé, il écarte toute assistance médicale. Seules exigences, que l'on dispose aux quatre coins de la pièce, des pommes mûres cloutées de girofle, des infusions de thé au gingembre, des bâtonnets de santal, des huiles aux effluves d'orange amère, de petits braseros de jasmin et de baies de genévrier. Entre les lourdes tentures de l'alcôve jadis passionnée, le regard aveugle, mais les narines palpitantes, le très vieil homme ne tient plus au fil de la vie que par ces senteurs précises.

Elles redessinent dans sa mémoire intacte la précieuse géographie du corps de l'aimée.

La mort

Au fond des grottes de ton cœur, la mort vit du silence mystérieux de ton âme. Elle est ta plus grande peur et elle le sait. Pourtant de la constellation des poissons elle satellise une infinie compassion. Elle est amour. Mais tu as peur de l'amour.

Défier la mort revient à se terrasser soi-même jusqu'à en mourir de peur !

Tu inventes des morts plus épouvantables les unes que les autres. Mais la mort s'ébroue et le squelette à la faux que tu lui colles au visage tel un masque grotesque tombe en miettes.

La mort n'est pas là où tu crois. Elle est le souffle léger qui fait chanter le dédale des colonnes baroques des cathédrales de la mémoire. Son chant te guide vers le Grand Silence qui s'en vient à la rencontre du silence patient de ton cœur.

Le camée

Au temps de mes joues lisses et rebondies de petite fille, aucune ride n'était venue dessiner ce que serait ma vie.

Mes yeux, clairvoyants d'innocence, scrutaient intrigués, le cou de ma grand-mère.

Sous le menton une cascade de chair rose et grêlée s'affaissait doucement en plis réguliers vers la poitrine, dont on entrevoyait dans le décolleté le sillon incertain et fragile, attendrissant dans sa déchéance douce et molle.

Ensevelie dans les plis moites du cou, une chaînette d'or réapparaissait, comme par miracle, sur la peau flétrie du sternum.

Suspendu aux maillons, un camée venu d'Italie.

Le profil délicat d'une femme se détache de

l'ovale d'une agate couleur thé au lait.

Un profil pur, lisse, classique qui, fossilisé dans la nacre, se moquait de l'équilibre précaire du corps vieillissant de ma grand-mère.

Une beauté éternelle qu'elle saisissait parfois entre deux doigts et qu'elle balançait machinalement de gauche à droite et de droite à gauche comme pour penduler le temps qui passe.

Éternel retour

Le véhicule léger de la parole caresse le vent...
Ils sont là
confinés dans la caverne
un voile sur les yeux.
Ils sont là
à sortir de l'ombre
à crever l'abcès de leur espérance.
Ils sont là
à labourer la terre
à irriguer des jardins verts.

Ils sont là
électrons libres dans la séparation
à voyager à l'envers sur les ailes de la haine.
Ils sont là
survivants
à ramper vers l'ombre de la grotte

à trembler, à se taire, à se terrer.

Le véhicule léger de la parole caresse le vent...

Ils sont là,

yeux dévoilés,

mains ouvertes,

poumons délivrés,

pieds déchaussés

ondulants du plus loin que toujours.

Saint-Valentin

Exténués, sales et affamés, sur le parquet nu, ils sont assis.

Un nid d'amour conçu un 14 février est-ce bon présage ?

Ils veulent le croire.

Seules notes rouges : les verres peints sur les cartons qui disent : « Fragile ».

Fragile le tout début, l'avenir à construire, le porte-monnaie vide...

Soudain il brandit une brochette en bois, un empalement enrubanné de cuberdons rouges.

Deux euros avaient suffi pour ce prodige.

Bien des années plus tard, elle dira : « Ce fut ma plus belle Saint-Valentin ! ».

Soie sauvage

Quelle tristesse d'en être réduite à boudiner le corps fatigué d'une cantatrice sur le retour, flanquée d'un quatuor à cordes d'hommes sobres, glabres, coincés dans de stricts costumes noirs embaumant la naphtaline !

Ah les jours heureux, dangereux, aventureux de ma jeunesse contrebandière !

En ces temps-là je crissais ma sauvagerie entre le pouce et l'index de marchands appréciant l'irrégularité sensuelle de mon tissage. J'étais vendue à prix d'or aux amoureux fous de ma délicatesse soumise et indomptée. Je ployais aux pâmoisons des amantes adorées. Je parcourais, nomade, la si bien nommée route de la soie.

Sel

Chaque nouveau pas, aussi essentiel que le tout premier, cadence l'avancée des femmes en file indienne.

Dans le désert de sel, elles sont celles qui acheminent.

Chacune offre son dos à la suivante, la protégeant des intempéries.

Régulièrement et sans mot pour le dire, la dernière remonte la file et protège la première qui repose ses yeux de la morsure du vent salé.

Et ainsi de suite et ainsi de suite...

La solidarité reptilienne tient bon la route.

Ruban de la promesse tenue, ruban d'endurance, ruban de la parole donnée.

Signifiances insolites de l'intimité.

Dès l'entrée, deux énormes pissenlits essaiment des invitations volatiles. Dans le séjour, le verre des tables n'interrompt pas le regard. La fontaine chante la permission de s'évader. Un oiseau argenté s'épingle dans l'entrelacs d'un bouquet de joncs séchés. Breloques et boules étoilées promettent noël au printemps. Des bougies disparates balisent un chemin de rires à inventer. Entourée d'une cour servile de tasses complices, une théière, grosse de promesses infusées, trône sur un guéridon. En vitrine, des cristaux vénitiens rêvent de lagunes alanguies. Sur un lutrin, un oiseau forgé retient la sonate du jour. Des livres éparpillés racolent notre curiosité...

Folle

Soudain elle se dresse déterminée. Jette au loin sa vieille chemise de nuit délavée. Enfile sa jolie robe mauve. Étale sur ses lèvres un bel oranger chimique. Recouvre ses paupières de bleu électrique. Colle sur son front des étoiles de papier doré. Et danse, danse, danse...
Échevelée.
Longtemps, longtemps, longtemps...
Trop longtemps.
Au sol s'affale comme une loque. Soubresauts spasmodiques, désespoir rauque et dégoûtant. De l'amas de chairs, un bras émerge. Il ramène la vieille chemise en boule au creux du ventre maigre. La folle berce son doudou improvisé puis rejoint sa léthargie salvatrice.

Cocktail

Simple et distinguée, une longue robe gris perle souligne sa silhouette élancée. L'étoffe soyeuse s'évase en corolle autour du cou gracile et des pieds agiles. Sous la ligne pure des cheveux de jais, deux diamants taillés en carrés. Coincé sous l'aisselle gauche, un sac mince, rectangulaire en vernis noir. La fine bride des chaussures minimalistes souligne l'impatience retenue des chevilles. Le regard s'égare dans la transparence des immenses baies vitrées. Dans la main droite, une coupe alcoolisée pétille sa fragrance éphémère. Sur le sol de béton vitrifié, elle glisse plus qu'elle ne marche. Elle ondule à la perfection un ennui de bon ton.

Le cadre

Le cadre est élégant jusqu'à la bienséance. L'essence acajou est mise en valeur par un liseré vieil or. Le cadre est destiné à être exposé, en atteste à l'arrière un pied incliné et clouté pour plus de stabilité. Au salon peut être étriqué, à coup sûr astiqué, le cadre sera parfait. Avec sobriété le cadre cerne sur fond noir le buste d'une petite fille de moins d'un an. Cette progéniture est priée, c'est évident, de faire honneur à sa famille. Mais alors.... D'où vient que la chevelure rebelle tire-bouchonne ? D'où viennent le large sourire, les fossettes, les petites dents luisantes ?

D'où viennent ces yeux vaillants qui regardent droit l'objectif en suivant sans ciller l'étoile en leur centre ? D'où vient cette joie sauvage, indécente qui déborde du cadre austère ? Sans aucun doute des deux petites mains potelées et puissantes qui agrippent le col de la robe qui étrangle. L'enfant effrontée semble rire : « Et si j'arrachais, respirais, enjambais le cadre, courrais ? Et pourquoi pas toute nue !

La rancœur

Rampante et tenace, la rancœur vrille les cœurs rances.

Elle étire et entrecroise ses racines blafardes jusqu'à l'infime cellule du corps supplicié. Hypocrite, elle donne le change. Sous son camouflage policé, qui irait supposer ses ravages mortifères ? Elle parasite sans vergogne son hôte qui, en surface, garde un sourire affable. Pris au piège des tentacules impitoyables, le rancunier rêve de vengeances venimeuses. Dans ses entrailles, des paroles amères fermentent, remontent silencieusement et lui gâtent l'haleine. La rancœur a tout son temps, elle mijote dans son jus. La bouche scellée attend son heure ; l'instant justicier où les alluvions brunâtres « du mal qu'on m'a fait » pourront jaillir en vomissures acides.

Délice d'enfance

La petite fille semble attendre, attend-elle ? Sa rêverie voyage sur le silence de la maison endormie. La fenêtre ouverte invite à l'escapade des yeux, mais son regard reste clos, tourné vers quelque secret gourmand du cœur. Le cri d'un oiseau n'ébranle pas l'immobilité de ses pieds nus qui bleuissent au froid de la dalle.

La petite fille semble attendre, attend-elle ? C'est que dans sa bouche, sur les papilles excitées de sa langue, sous la voûte attentive de son palais, fond, en exquise lenteur, une friandise au goût de violette.

Transhumance

Le corps laineux et docile du troupeau est piqué, çà et là, de présences humaines droites et déterminées.

Sous la laine houleuse qui tient chaud aux genoux, les petits sabots grelottants et sonores martèlent la pierre du chemin.

Le suint colle aux narines qui filtrent le vent.

Dans la poussière soulevée, le soleil cligne des yeux.

L'âme des bergers s'accroche à leur bâton comme autant de fanions frémissants.

La transhumance migre ses itinéraires saisonniers.

L'amant caché

La tendresse retenue bas sur la nuque en un chignon serré dévoile, sans pitié, l'austérité du visage carré et fermé. Elle va du pas décidé de la travailleuse. Derrière les volets mi-clos, noyés d'aube à peine née, les yeux acérés des espionnes aigries approuvent d'un clignement discret la vaillance de la femme tôt levée. Ses pas s'enfoncent au profond du sous-bois humide et ombreux. Au village on ne la reverra qu'au soleil déjà haut levé, son panier rempli, selon la saison, de champignons, châtaignes, myrtilles et autres herbes sauvages. Aux abords de la clairière, son pas s'accélère jusqu'à danser.

La vieille cabane croule sous les nuages,

percée de toutes parts de rayons de poussière lumineuse.

Sur la couche épaisse de graminées odorantes, l'homme attend. D'un geste, la tendresse si mal menée au quotidien, se dénoue en fluidités joyeuses. Privé de son épingle, le chignon croule sans retenue jusqu'aux hanches de l'amoureuse que les mains impatientes de l'amant caché dépouillent de leurs jupons !

Comptine

Le chat botté a perdu ses bottes. Trois petits nuages et s'envole l'oiseau de bon augure. Au clair du soleil, qui pleure sous la lune ? Cœur échaudé craint l'eau.

Sous le triangle magique, une pluie d'étoiles de David.

Sur la vague d'un rire onirique soufflent des rayons d'or cosmiques. La terre en sa naissance, écarquille ses yeux de nourrisson. La belle écervelée secoue ses franges d'horizon.

Si le soleil a du nez, peut-être le rossignol sera-t-il au rendez-vous ?

Le chat botté a perdu ses bottes. Trois petits nuages et s'envole l'oiseau de bon augure.

Rupture œnologique

Une souple robe doré pâle ondule sur ses hanches. Dans un seau rafraîchit un champagne aux notes florales typiques de l'appellation. D'un pas chaloupé, mais entravé, il arrive une heure en retard. Son haleine empeste une haute teneur en alcool. Bonne fille, elle maquille son sourire jaune d'une touche suave aux arômes de petits fruits rouges. Elle tente une finale riche et piquante. En vain ! L'autre s'empêtre dans un discours long en bouche aux notes minérales et acides. Une concentration de tanin âpre envahit le cœur de la belle.

Par respect pour la mise en bouteille au château, elle dépose délicatement le champagne sur la table basse.
Ensuite elle se saisit du seau à glaçons et le

retourne sans hésitation sur la tête du mufle aux relents de pierre à feu.

Sans aucun regret à l'arrière-goût de violette, elle flanque à la porte le malotru même pas dégrisé. Pour adoucir l'acidité des arômes d'agrumes de sa colère, elle laisse éclater dans sa bouche ravie les bulles florales du champagne bien frappé.

Soudain alanguie, elle songe rêveuse qu'une rupture millésimée vaut mieux qu'une bagarre poisseuse au gros rouge qui tache.

Face cachée

Au bord de la fosse fraîchement creusée, la colonelle, calée dans son fauteuil roulant, ausculte la foule assemblée pour honorer son mari juste défunt. Elle est flanquée de son fils unique asservi jusqu'à la moelle à ses moindres désirs.

Elle jubile, aucune faute au tableau n'est à déplorer.

Elle n'eut supporté aucune offense à ce qu'elle considère comme son dû légitime : reconnaissance et considération.

Au fond elle n'a que mépris pour ces gens, mais sa suffisance est avide de leurs courbettes hypocrites. C'est le paradoxe des intelligences vives, mais déchues. Elles tournent en rond, victimes consentantes d'une vie totalement insipide et inintéressante.

Ce qui explique leur comportement tyrannique.

Soudain les yeux acier de la colonelle fusillent une silhouette qui s'avance. La nouvelle venue à l'outrecuidance de ne pas faire demi-tour immédiatement ! La tension artérielle de la colonelle atteint des sommets dangereux. Le fils se fige d'indécision et transpire. Sous un voile noir translucide, un visage jeune et avenant, des yeux espiègles, un sourire écarlate. Moulé dans un tailleur noir haut de gamme, un corps de rêve. Interminables, juchées sur des talons démesurés, des jambes gainées de soie se croisent élégamment. La poitrine généreuse, laiteuse et décolletée s'offre aux regards ébahis le temps, pour la main gantée, de déposer sur le cercueil une unique rose carmin au summum de sa floraison.

Dans un demi-tour racoleur, les fesses cadencées semblent susurrer à chacun en particulier : « Au revoir, ravie d'avoir fait votre connaissance ». Tous les regards hypnotisés suivent subjugués le sillage sulfureux de cette apparition éblouissante. Dans son fauteuil, la colonelle succombe à une attaque sans que personne, pas même son fils, ne s'en aperçoive.

La gardienne des rêves

Les nuits d'hiver quand le froid et le noir sont longs à tenir...

Dans la ville l'eau s'invite aux vitres embuées des cuisines, tourbillonne dans les lave-vaisselle, opalise les fenêtres des salles de bain. Bientôt tentures, rideaux, cadenas, serrures, vantaux isolent les maisons sourdes, aveugles et muettes. Le vide gagne les rues. C'est alors qu'elle vient, la reine en son royaume des courants d'air, longue, fine, furtive et silencieuse. Ses cheveux argentés s'emmêlent à la mousseline blanche de sa robe dont la traîne bouillonne longtemps comme l'eau d'un caniveau qui déborde. Elle porte de magnifiques pierres de lune en forme de larmes sur son front, en rivière autour de son cou. Elle a les mains soyeuses, les pieds nus.

Ses yeux ont la couleur des rêves. À peine incarnée elle semble une lueur falote qui s'évanouit au détour d'une ombre. Elle n'a pas choisi sa tâche. La spirale des chemins parcourus l'a déposée dans l'entre chien et loup des villes.

Reine en ses palais, elle dépose dans l'huître des rêves humains une perle d'eau salée. Pour que les rêves ne meurent pas. Pour que l'inspiration ne se dessèche pas.

À l'instant où l'aurore déploie la mousseline blanche de sa splendeur, la reine disparaît comme absorbée.

L'eau des percolateurs dessine sur les vitres matinales des paysages de vapeur perlée. Entre les pinces des croissants chauds et le café fumant, le tout juste réveillé se murmure à lui-même : « Cette nuit, j'ai fait un drôle de rêve, vraiment bizarre, étrange... ».

L'œil du rêveur éveillé s'évade sur la trajectoire d'une vision à lui seul révélée. Son âme jubile, son cœur éberlué réfléchit et sa tête n'en finit plus de créer des chemins de vie nouvelle. Tout est bien.

Parole donnée

Au désert toutes traces s'effacent sous les pas du vent.

Seul l'amour ne voyage pas.

Nul papier officiel n'atteste l'âge de la très vieille femme.

Appuyé au maigre tronc d'un arbre mort depuis longtemps, son corps s'y fossilise peu à peu.

À quelques pas, la margelle d'un puits tari s'enlise de sable fin.

Inlassable, sa mémoire égrène le chapelet circulaire de sa vie de femme.

Bien avant son premier sang, sa mère l'honore de sa tâche.

Elle sera celle qui puise l'eau.

Accroupie au bord du puits genoux pliés aux

aisselles, ses bras minces, ornés du chant de ses bracelets de cuivre, plongent au ventre de la terre.

Avec les gestes adroits d'une sage- femme, elle aide à l'accouchement de l'outre gonflée et ruisselante.

Ce matin-là, à la pointe de l'aube, le bas de son dos frémit et donne l'alerte.

Une présence s'est immobilisée.

Attentive, elle attend que les fibres de son corps lui parlent.

Son ventre se dénoue, c'est lui, elle le sait.

Sans hâte elle déplie sa silhouette svelte et tourne son regard.

D'un geste gracieux, comme un battement d'ailes, sa main ajuste son voile.

Elle offre son visage ciselé d'ombre.

Sans un mot leurs yeux se parlent.

Ils disent : « oui ».

« Oui » à ce qui ne peut se dénouer.

Il y a longtemps que son dernier sang a coulé.

Il y a longtemps que l'aimé s'en est allé, bien au-delà de l'horizon.

La très vieille femme continue d'égrener le chapelet circulaire de sa vie et la parole donnée ne tarit pas.

L'homme du nord

L'homme du nord vit au troisième sous-sol d'une tour de cent trente-huit étages. Une tour prétentieuse, en verre trempé, certifiée invulnérable aux impacts des engins de guerre les plus destructeurs, aux catastrophes climatiques les plus effroyables. Les sous-sols antiatomiques sont à l'épreuve de l'effondrement (fort peu probable) de l'édifice lui-même.

Cerné de plusieurs dizaines d'écrans, l'homme du nord est informé chaque nanoseconde de la plus infime palpitation de sa richesse colossale. Sertis de lentilles puissantes, ses yeux fatigués et larmoyants clignotent au rythme des cours de la bourse en direct du monde entier.

À l'échelle planétaire, sa fortune se nourrit de tout : pétrole, médicaments, minerais, forêts, immobilier, immigration, mal et bonne bouffe, or, diamants, textile, banque, O.N.G., guerres, trafics de drogues, d'organes, d'humains, blanchiment d'argent, etc. Sa passion actuelle c'est l'or bleu, l'eau privatisée. Il ne voudrait pas mourir avant de l'avoir commercialisée jusqu'à la dernière goutte.

Ses deux épouses et ses cinq enfants ayant eu le mauvais goût de tous mourir entre septante et nonante ans, l'homme du nord vit seul. Ce dimanche il atteint ses cent-deux ans.

Il survit, entouré des meilleurs praticiens de la santé. Sur son lit d'hôpital anti-escarres, il est crucifié par une armée d'aiguilles plantées aux endroits stratégiques et reliées à des appareils ultras sophistiqués. L'homme du nord est quasi une machine.

Pourtant la mort ne cesse de le hanter et en bon rationaliste terrorisé, il devient superstitieux. Ces derniers temps, il invite à son chevet des guérisseurs de tous les continents. Grigris, amulettes, plantes, incantations, prières et encens folklorisent le gris métallisé de son antre médicalisé. Qu'importe les Dieux, pense le vieux, pourvu qu'ils satisfassent mes souhaits de longévité !

L'homme du sud est d'autant plus superbe et en bonne santé qu'il n'en a cure. Animé d'une joie élastique, son corps sculptural va d'un pas dansant vers ses rêves intimes.

Poussé par la pauvreté aride du sud, il s'embarque (plutôt mal que bien) vers la richesse juteuse du nord.

Du rêve à la réalité, il est déconcerté : le nord

est froid, humide, hostile et pingre. Qu'à cela ne tienne, il ne se décourage pas, son cœur exilé poursuit sa quête, dissimulé sous un sourire imperturbable. De refus en refus, il trouve un logement.

Dans un quartier insalubre, il partage un quart de piaule minuscule avec trois autres matelas maculés, chauffage non prévu, eau froide dans la cour nauséabonde, w.c. bouchés sur le palier, fenêtre étroite qui ne ferme plus, un seul réchaud au gaz. L'homme du sud, comme ses trois colocataires, vit en célibataire. Ses deux épouses et ses huit enfants, restés au pays, attendent comme oisillons au nid l'argent béni.

De refus en refus, il trouve un bon travail, éboueur à la capitale.

Un jour après l'autre, l'homme du sud compte

ses pas. Les kilomètres derrière la benne à ordures. Les cent mètres de la supérette au coin de la rue. À l'autre bout, le bureau de poste et le mandat mensuel. Un peu plus éloignés, les bains publics du dimanche matin. Tous les soirs le frichti dans la chambre rieuse et surpeuplée. Un billet de Lotto par-ci par-là. La mosquée le vendredi et inch Allah !

L'homme du nord s'affaiblit. Personne dans la tour laborieuse n'a intérêt à ce qu'il meure. Branle-bas de combat, on recherche désormais celui qui fera un miracle ! Appel d'offres et interview se succèdent. Un matin, on retient la candidature d'un Oriental qui promet l'immortalité contre rémunération bien ventrue et l'assurance que jamais on ne l'oblige à dévoiler son secret.

On dit oui à tout et chaque soir, au chevet du

vieillard, l'homme infuse un sachet de fine poudre d'or pur 24 carats qu'il fait boire au moribond.
Force est de reconnaître qu'une ardeur nouvelle anime le corps décharné.

L'homme du sud compte ses pas et ses sous !
Son plus cher désir est que ses fils puissent accéder à l'enseignement des universités les plus prestigieuses du nord.
Alors sans faillir, de poubelle en poubelle, il ploie et se redresse, il ploie et se redresse...
Quand un chat de gouttière a éventré un sac de plastique, il peste.

Un jour qu'il tentait de rassembler tant bien que mal des déchets éparpillés, son regard est attiré par un petit sachet plaqué au sol comme un vulgaire crachat, mais d'un beau jaune qui lui rappelle le soleil de son pays, il le met en poche. Pareille innocence ne fait pas long feu, bientôt si les chats n'y ont pas pensé c'est lui-même qui éventre les sacs poubelles au pied de la tour de verre.

L'homme du sud compte ses pas, de petits sachets en petits sachets, bientôt tous ses fils viennent étudier dans les plus hautes écoles du nord. Jusqu'à son dernier souffle, leur père les exhorte à étudier encore et encore.

Tant et si bien que de diplôme en diplôme les fils du sud deviennent extrêmement brillants. Dès lors quel employeur sera-t-il à la hauteur de leurs compétences ? L'histoire ne le dit pas. Comme si elle se refusait la responsabilité de révéler que les fils de l'homme du sud sont allés grossir les rangs de l'armée de cerveaux exceptionnels commanditée par l'homme du nord insatiable, quoique quasi fossilisé

Table des matières

Écrire 13

Le rire 14

Agonie parfumée 15

La mort 16

Le camée 18

Éternel retour 20

Saint-Valentin 22

Soie sauvage 23

Sel 24

Signifiances insolites de l'intimité. 25

Folle 26

Cocktail 27

Le cadre 28

La rancœur 30

Délice d'enfance 31

Transhumance 32

L'amant caché 33

Comptine 35

Rupture œnologique 36

Face cachée 38

La gardienne des rêves 41

Parole donnée 44

L'homme du nord 47

« Une fenêtre ouverte sur la Vie... »

Déjà parus :

Contes de la femme intérieure
éd. Entre-vues & Cedil 1998

D'amours...
éd. Une fenêtre ouverte sur la Vie... 2008

Il était une fois le désert
éd. Une fenêtre ouverte sur la Vie... 2009

Rouge,
éd. Une fenêtre ouverte sur la Vie... 2013

Ellipses
éd. BoD 2020

Journal intime d'un confinement et poétique d'un confinement contraire aux usages
éd. BoD 2020

Écrire c'est...
éd. BoD 2020

Éclats de vies...
éd. BoD 2020

S'il te plaît, raconte-moi une histoire...
éd. BoD 2020

Dans le cadre de :
« Une fenêtre ouverte sur la Vie... »
Christine Doyen organise
Des ateliers individuels de développement personnel.

Contact : 04 366 09 55

Des ateliers collectifs d'écriture.

Contact : 0472 74 86 73
christine-doyen@hotmail.fr

Photo de couverture, Morgane Pire